X年タイマー

熊猫のりこ

文芸社

目次

X年タイマー

すきま風の音

X年タイマー

半笑いのダンゴムシ

X年タイマー
息苦しい金魚

X年タイマー

彩り始めた楓

あなたへ

X年タイマー

私の人生はX年タイマーの繰り返し
何かが始まるとカウントダウンが始まる
それは容赦がない
逆らおうとしても物ともせず
自我を差し出しても、感情を殺しても
ただただ数字は減っていくだけ

すきま風の音

ぞわぞわ

ぞわぞわする
居ても立ってもいられない
不安がもくもく湧いてきて
布団にもぐりこむ

もやもやする
指まで重くて体を起こせない
訳もなくつうつう涙が
頬を伝う

すきま風の音

いつの間にか意識が沈んで
当たり前に布団から出た
何だったんだ？
やっぱりぞわぞわした

私は重い

私は重い
だから、あなたは疲れる
小鳥のように軽やかに囀れたなら
私を肩に乗せてくれるのかな

私は冷たい
だから、あなたは淋しい
布団のように暖かく包めたなら
私にもぐり込んでくれるのかな

でも今更軽やかにも温かくもなれない
そうならないことで自分を守ってきたのだから
年月を重ねた重みと冷たさは
なかなかやっかいで頑固なもの

疲れた、淋しいと思うなら
余所に行って休むといいよ
そういう優しさしか見つからない
そういう愛し方しかできない

鏡と鎖

鏡が嫌いだ
本当の姿をそのまんま映してくる
だぶついた体、弛んだ頬
数えきれない小皺
何より憎悪の塊である
父母のＤＮＡがそこにある
顔ほど脈々と流れる
私のルーツを体現したものはない
得をしたことも多いこの顔

なのに、愛せない
ある時期は父、ある時期は母
ＤＮＡの季節は
終盤に向かうほどその彩りを濃くする
決して外せない鎖は
死ぬまで雁字搦めだ
この世に生を受け
半世紀がこようとしているのに
絡みついた鎖に未だ血を滲ませている

人と人

なぜ繋がりたいのだろう
学問になるくらいの深いテーマだ
そのレベルになるとよくわからないし
興味も湧かない
繋がることに意識がなかった頃
興味がないのだと思っていたが
よく考えると、いつの頃も
誰かと強烈に繋がることを求めていた
最も裏切って欲しくない者に

すきま風の音

裏切られたことで
心を守る為に意識を閉じたのだろう
我ながら、あまり暴走もせず
よく耐えたと思う
欲しても手に入らない時がある
『あきらめが肝心』
誰が言ったのかわからないけれど
これの意味を最も嫌な事柄で
知ってしまった

辞書

重い
厚い
邪魔
でも、必要

重い
太い
邪魔
私は、必要？

すきま風の音

稲と草

稲を刈る
刈った後には規則と整列
草を刈る
刈った後には制限と秩序

刈るという意志
同じ苦しみ
同じ痛み

稲は米を実らせ
人の糧となる
草は刈られて腐り
ただ積み上げられて踏みつけられる

私は稲か
それとも草か

X年タイマーは決して消えない
けれどたまに一時停止していることがある
もうこのまま動かないで欲しい
そう願った途端、また動き出した
願ってもいけないのか
泣いても喚いても数字は減っていくだけ

半笑いのダンゴムシ

豚と骸骨

歩く骸骨が
青いサラダを静かに食べている
転がる豚は
それを見てせせら笑う
ああはなりたくないものだと

転がる豚が
エサをあれこれと食べ散らかす
歩く骸骨は

それを見てせせら笑う
ああはなりたくないものだと

蔑みあって
殺伐として
笑っているようだけど
楽しくはなさそうだ
ああはなりたくないものだ

呪い

『私が嫌いな奴は不幸になる』
それ、立派な呪いだ
手を汚さない自称裁定者は
思い込みだとは絶対認めない

五寸釘は打たないけど
頭ン中の様子は変わらない
偶然を重ねまとめて
まるで念力があるがごとく人に話して

『人を呪わば穴二つ』
回り回って別の形で返ってきているよ
見て見ぬ振りか気付いてないのか
幸せになる資格があると思い込んでる

あなたの笑顔はどこか嘘くさい
そして私も嘘くさい笑顔で返した

紳士と淑女

ここはとても大きな書斎
見知らぬ人が毎日違う面子同士で
紳士と淑女の仮面を被りあう
粛々とした時間を
見事な連携で織り上げて
綻びなんて許さない

その日の一日が決まってしまう
自分の居場所を確保するため

紳士と淑女の駆け引きタイム
あるいは席の譲りあい
なんて素敵な場所とオシャレな人間達
ここまでは完璧だった

しかし一度腰を落ち着けると
驚くほどその場所と空間に
執着を持ち、仮面を脱ぎ棄てる
若者は白いノートを広げて消え
高齢者は昔色に変色した本を
じっと開いて半分寝ている
そこには紳士も淑女もいない
見えない壁に仕切られた

個々の小さな書斎があるだけ

仮面の下からの
隙あればその場所を奪おうとする
気配を背中に感じつつ
けれどそれらに決して心を配ろうとはせず
ガラスの外の景色と
少しの優越感のおまけを楽しみながら
ひたすらその場所にへばりつく
先ほどまでの
紳士と淑女はどこに消えたのか
それを探す私はとても不粋だ

半笑いのダンゴムシ

体を揺らす人

彼は何を見ているのか分からない
電車の中でゆらゆらと
独自の同じリズムで揺れている
用事がありそうにピクピク動き
おもむろに立ちあがる
見えない誰かと会話をして
同じ場所に座ると同時に
また彼のリズムで揺れている

半笑いのダンゴムシ

私は彼を見ている
何を見ているのか分かっているし
電車の揺れに身を任せながら
用事もないから立ちあがりもしない
見えない人にも話しかけない
同じ場所に座り続けて
ずっと彼を見ている
けれど彼と私は本当に違うのだろうか

千羽鶴

色とりどりの紙で折られた鶴は
想いを乗せて飛ぶはずだった
お腹にぶすりと針を刺され
あれよあれよと同族と糸で
求めてもないのに繋がれて
小さな屋根の下に
静かに吊るされていた

風が吹いても身をまかせられず

半笑いのダンゴムシ

カサカサと乾いた音
役目が終わった枯れ葉のようだ
翼を動かせないほどに
詰め込まれたその世界で
何を思うのか
何を見ているのか

いつもの場所から

山とも呼べないような
こんもりとしたものが連なるものの間に
わりと整備された川が流れ
わずかな平地の隙間を埋めるように
建物が並んでいる

たまに茶色の広場が見えるのは
可愛らしい子供から
どうしようもない悪ガキまでがそろう

半笑いのダンゴムシ

学校という檻だ
ノミのように赤い帽子が跳ねている
ナメクジが通ったあとのような道には
カラフルな車がとろとろ走る
顕微鏡の中の微生物のように
それがいやに整然と並んでいるのは
スーパーの駐車場だ

空を見上げれば
近くの空港への通り道
次から次へとありがたみの無い数で
米粒のような大きさのものから

手を振れば見えそうなものまで飛んでくる

ふと鼻の穴に懐かしく
そして大嫌いだった匂いがへばりつく
近くの柴栗の木に花とは呼びたくもない
色と形と異臭を放つものが目に入った
私は眉間にしわを寄せてその場から逃げた

息苦しい金魚

いよいよX年タイマーが終わりに近づく
作動開始したときから得たものが
次々と手からこぼれていく
こんなものだと眺めていた
あれ、どうしてもこれだけは失いたくない
他に何も要らないからこれだけは!!

蛙の唄

蛙の唄が聞こえてくるよ
なんて言えない、激しい騒音
ゲコゲコなんて可愛いものじゃない
水が張られ、目覚め始めた田んぼで
暗闇の中で個々は見えないけれど
じっとりと湿気を含んだ空気が
そこだけビリビリと震えている
窓を開けて蛙の唄を楽しもうとした
私の情緒的な気分を見事に現実に戻し

その他の騒音と同様に
窓を閉めることで遮断してしまった
にもかかわらず、耳が淋しくなって
テレビのリモコンに手が伸びている私は
感性の欠片もない人間だ
蛙め！　煩いだけでなく
訳の分からない自己嫌悪まで
くれなくていいよ！
音を消した雨がベランダを濡らしている

今日の仕事

手足が痺れてきた
さっきから呼吸を急ぎすぎている
視界は際から白くなり
心と体を支え切れずに
怖くて泣きながら
床に丸くなる
30分程経つと
まだまつ毛に溜まった涙も
乾いていないのに

夢から覚めたようにしゃんとする
ただの脳の誤作動
今日はこれで仕事は終わり

「死ね」「死ね」「死ね」
すぐそこでクマゼミが私に喚く
どこぞでお前に何かしたか？
「がーうーあー」
言葉にもなってない返事が返ってくる
今度は耳元に何かがささやく
しばらく物理的に耳を塞ぎ
いびつな脳でなるたけ冷静に
フル回転でこの現象の答えを導き出す

ただの脳の誤作動
今日はこれで仕事は終わり

全てが偽りの現象
いつもの先生が教えて下さった
一瞬、全てが解決したような気がする
報告は終わったが
まだまだ終わりの見えない仕事が
これからも続いていくというのに
大きく頷きながら
聡明で美しい先生はほめて下さった
「良い変化ですね」
なんだか凄いことをやり遂げたみたいだ

これもただの脳の誤作動
今日はこれで仕事は終わり

朝

朝、決まった時間に起きる
考え方一つで
楽にこれがこなせるようになる
苦手だと思うのは工夫が足りない
なぜ工夫が足りないのか
そういう精神状態じゃないから
じゃあ、どうしたらいいのか
いろいろ考えなければならないことを
一つ一つ排除していく

一つ一つつぶしていく
シンプルに朝起きることだけを
考えられる環境を作る
たとえ時間がかかることであっても
それを目指すといい
いろいろ複数の事柄をこなしている人でも
朝起きることを考えるときは
そのことだけを考えているものだ

歌いたい

ずっと歌うことが好きだった
上手くもなく　高音も出ず
いい声でもない
ただただ好きだった

ある日、私の中から歌が消えた
どこを探しても見つからなかった
代わりに心と体の悲鳴が
脳を突き刺した

息苦しい金魚

何年も歌は消えたままで
でも、さみしくもなく
もう忘れてしまったのだと思った
好きだった歌手の声は雑音に変わった

ある朝、ウグイスの鳴き声がした
まだ上手くなく　ふっと可笑しくなる
でも声は素晴らしく
生まれながらの充分な素質があった

毎日、同じような時間に
ウグイスの鳴き声を聴く習慣ができた

リズムが違う！　音が違う！
迷惑なアドバイスを呟きながら

私は消えたはずの歌を
とても愛しいものとして
とても温かいものとして
体の真ん中に身籠った

一つ一つの音
一つ一つの詞
なんて心地良いのだろうか
今度はゆっくりと
母のように育んであげたい

とうとうX年タイマーは停止した
何も無くなった、自分の存在以外は
空っぽの世界にまた戻されたのか
いや、手に違和感がある
自力で開けない程の力で握っていたもの
愛おしくて込み上げてくるままに天を仰いだ

彩り始めた楓

彼岸花

手折り一日
活けて三日
思い出一生
まさに、赤
紅でもなければ
朱でもない
するすると伸びた
葉の無い茎に
花火の如く

彩り始めた楓

咲いて魅せ
数日で色褪せ
どす黒い死者の手
早く消えてくれよ
お前の持つ毒とともに

花と私

弱々しい花びらが嫌いだった
まるで自分の心を見せつけられているよう
甘い香りが嫌いだった
女性そのものの佇まい
いろんな色が嫌いだった
化粧を思い出させたから

あれから二十年経った
花は心を慰めてくれるようになり

彩り始めた楓

嬉しいという気持ちを運んでくれる
素直に美しいと感じ
花を飾ることも増えた
優しさを汲み取れるようになった
花は変わらない
変わったのは私

同級生

昔の同級生に会った
よく行くスーパーのレジに立っていた
彼女は気付いているのだろう
一瞬の戸惑いが憂いのある瞳に浮かんで消える
私も気付かぬ風で
当たり前に精算を頼む
仲が良くなかったわけじゃない
嫌いだったわけでもない
でも、かける言葉が見つからなかった

彩り始めた楓

レシートの担当者の名前が
子供の頃のままだったので独身なのか
華奢な手首と趣のある眼差しは
少し陰がある綺麗な人
彼女はどんな人生を歩んできたのか
私は立派な生き方をしてきていない
だから声をかけたくなかったんだ
彼女はなぜ声をかけなかったのか
少し聞いてみたい気がした

戦い

その子には欲しいものがある
経験の薄い脳で
必死に手に入れる方法を考えている

親は簡単にそれを買ってやれない
子供からのおねだり攻撃を
必死にかわすのが毎日の仕事

子供はさらに執着し

普段見せない驚異的な粘り
知力を振り絞り情につけこみ

親はついに強権を発動
怒鳴りすかして本件にはさわらせず
自身の体調を崩して抵抗する

子供と親の戦いは始まったばかり
最後は親の負けなのだけれど
常に全力でやり続けなくてはならないのだ

曇天

いつもより空が低い
いつもより空が暗い

小さな
雨とも呼べない水が降ってくる
街も
山の木々も
私自身も
存在感が薄く

世界は一色になっている
私が空気に紛れている
いつもより穏やかだ
いつもより悪くないのかもしれない

木と風と

大好きな木があるの
暖かな木もれ陽と、優しくて太い枝
なめらかな肌の幹に頬をすりよせる
足元から風がなであげていく
体からいらないものが抜けていくよう
その木はただ静かに生きていた
私など気にもとめずに

いつも胸の中にはね

彩り始めた楓

その木は葉をさやさやと
揺らして根を張っている
心が壊れそうな時にもね
変わらずにそこにいてくれる
無関心さがとても心地いいから
気がつくとそこに帰っているの
その木はただ静かに生きている
私など気にもとめずに

あなたへ

一緒に住めたらいいね

あったかい手をしっかり握って
何も隠さない顔でね
頬をぴったりくっつけて
ニマニマしてるの

大きな口を開けて笑うのを
その顎の下から覗いてね
一緒になって笑って
優しい腕の中で目をつぶるの

柔らかい手のひらで
包み込むように頭を撫でてくれた時
真っ白くて何とも言えないじわっとした光が
脳内に溢れてくるんだよ

今思うと光ってなかったんだ
まるで疑似体験の繰り返し
生きてるってだけの温かさと間違えてた
これが本物なんだって思うんだよ

著者プロフィール

熊猫 のりこ（くまねこ のりこ）

1973年１月９日生まれ。
大阪府東大阪市出身。
広島県府中市在住。
生まれてまもなく占い師から、
20歳まで生きられないと言われたらしい。
両親の離婚後、10歳から詩作を始める。
２度目の婚姻中にパニック症を発症し、約６年の闘病生活を送る。
48歳、バツ２シングルマザーから卒業、再再婚で落ちつく。

X年タイマー

2021年６月15日　初版第１刷発行

著　者　熊猫 のりこ
発行者　瓜谷 綱延
発行所　株式会社文芸社
〒160-0022　東京都新宿区新宿1－10－1
電話　03-5369-3060（代表）
03-5369-2299（販売）

印刷所　株式会社フクイン

ISBN978-4-286-22693-4